クリップ

平岡淳子

Hiraoka Junko

かまくら春秋社

ながせ
たかし

クリップ　目次

装幀・画　やなせたかし

クリップ

クリップ

散ってしまいそうな
おもいを
消えてしまいそうな
おもいを
風に吹かれるまえに
クリップでとめる

花束のように
美しくはないけれど
心にいつまでも咲く
詩の花であったらいい

どうぞ

せまいお部屋で
おともだちも
よべないけれど

風さん
どうぞいらしてね

きょう一日わたし
ひとりですから

湿度

あなたの
こころの湿度を
しずかに
すいとれなくて
むくちな
今日のあなたを

そのまま
みつめられずに
ことばの
扇風機をまわす

ビオラ

鉢からあふれる
ビオラのように

あなたを
おもうあまり

こころが
いっぱいになる

わたしを
摘んでください

ききとれないことば

あまり空に
ちかづいたら
もうもどって
こられません
かみさまとは
このあたりで

お話するのが
ちょうどいい

ききとれない
ことばがあっても

花のような

光によって
ひらく
花のような

正直なひとが
すきです

季節を
まちがえて
咲くような

そんなひとも
すきです

いのちがけ

ことばは
いのちのちかくで
うまれます

ことばは
いのちのちかくで
そだちます

だれのところに

いくにしても
いのちがけです

それから

ことばが
わたしのまわりで
うろうろしている

しばらくあいてを
しながらあそぶ

それから
あなたのところを
たずねるらしい

ひだまりに

しゃがみこんだ
ことばを
だきあげると

うたいはじめる
ことがあります

そしたらそっと
ひだまりに
かえしてきます

問いかけ

そのひとつぶに
冬をのせて降る雨
まよいのない速度で
辺りを濡らしてゆく

こたえを求めない
問いかけが

おもいうかんでは
またすぐ消える

あなたにききたい
わたしのことなど

くちづけ

ティーカップに
ふれるように

しぜんに
くちづけする

はじまりの
一行の緊張を

夜が
かばってくれる

光

空から降ってくる
無数の光の一筋は
あなたのものだから
しっかりつかまって

ほかのだれかに

ほめるときも
しかるときも

とおいことばを
あなたにあげたい

ほかのだれかに
いつかあなたが
つかえるように

いちにち

ただいま
おかえり
ふたつの
ことばから
うまれる
やさしさに

それぞれの
いちにちが
しあわせに
むきあう

碁

碁を
うつように
あなたが
攻め入ってきても
ごめんなさい
わたし

ルール
わかりませんから

くちべに

おんなは
ことばに
くちべにをぬる

けっして
あなたを
だますためでなく

たいせつ

この距離を
たいせつに
したいのに

わたしは
算数が苦手

この温度を
たいせつに
したいのに

わたしは
理科が苦手

むすびなおす

だれかを
すきになると

こころは
ゆるむような

こころは
しまるような

なんども
むすびなおす

瞳

むこうの星と
こちらの星を

つなげて星座を
つくるように
みあげる夜空

ぬれた瞳は
空のうつくしさに
とどくようです

いのち

いのち
かけられる?

こどもみたいに
ききたくなるの

こんなに
すきになるとね

おもいで

いちど
つきはなした
おもいでが

はずかしそうに
かえってきたら

ちからいっぱい
だきしめたい

試着

お洋服の
試着のように

悩みながら
決めるものではない

ともだちも
こいびとも

わがまま

恋人なら
わがままで
いてください

むりなことを
言ってください

ばかなことも
言ってください

はんぶん

あなたが
おどろくから

はんぶんだけ
ほんとのこと
言ってもいい？

すきなの
あなたのこと

あまりに
すきだから
はんぶんだけ

ちからもち

しあわせなひとは
ちからもちです

よろこびと
おなじくらいの
かなしみを

かろやかに
せおえるのです

LOVE

わたし

引き潮に
あらわれる
濡れた岩のように

限られた
時にだけみせたい
わたしがいる

傾斜

あなたは
傾斜を
つくってくれる

ゆるやかに
あなたに
つづくような

当日券

あなたを
みつめるのに
まだ席は
ありますか
予約は
していません

当日券は
ありますか

着陸

飛行機で
東京にむかう
あなたの
目的地はわたし
夜間の着陸を
くちづけで迎える

あらあら

落花生のように
食べたぶんだけ
殻がちらかれば

あらあら
こんなに恋をしてと
あきれてみることも
できるのですが

山奥

『でてくるか』
わたし山奥に
住んでるみたい
『でてくるか』
30分もあれば
あなたのそばに
いかれるのに

恋愛

ふたりに
非常口は
ありますか
確認など
しないでね

あなた

わたしの
からだの奥行を
はかるように
抱くひとです
やさしく
間接をゆるめて

人形のように
抱くひとです

それから
たいせつな言葉を
わたしの胸に
呟くひとです

地下室

住む家は
この広さで
十分です

こころは
どこまでも広く

こころは
地下室までもつ

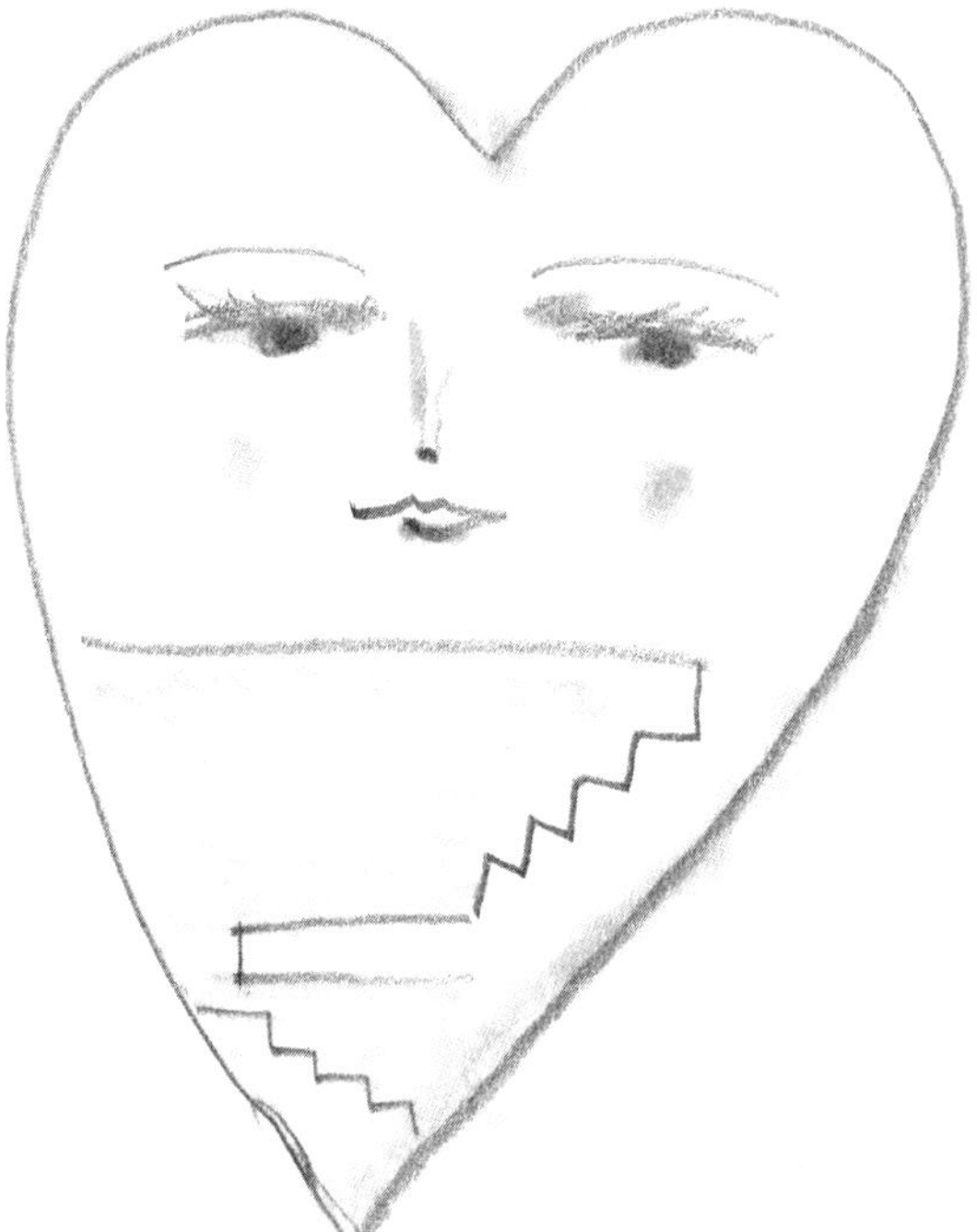

そばにゆく

雨と
みどりの匂いに
わりこむように
あなたがいる
傘をたたんで
そばにゆく

夏に
つつまれてみる

福袋

わたしをまるごと
受け止めるあなた
福袋をひとつ
買ったようなもの
いらないものも
いっぱいあるけど

なにかひとつ
きっと欲しいものが

てのひら

てのひらを
あわせてみれば
おとなと
こどものようで
おとこと
おんなのようで

あなたと
わたしなのです

まちあわせ

改札であなたを
まっている

紺のスーツの
あなたをさがす

この時間が
とてもすきなのを

しってるように
あなたは
ほんのすこし
おくれてくる

鳩

まばたきのあと
顔までふいて

つかいおわった
白いおしぼりが

目のまえで
鳩のようです

あなたの
つぎのことばで
飛び立って
ゆくのかしら

ことり

真夜中の
捨てぜりふを
ことりが
ついばんでいる
わたしは
はずかしくて

こっそり
窓からのぞく

枇杷

木陰の道に
枇杷が落ちてる
だれかに
踏まれたひとつ
わたしに
拾われたひとつ

あなたに
あげたいひとつ

つま先

雨が濡らした
アスファルトの道を
あなたと歩く
肩がふれあうから
うれしくて
つま先が空をける

水性

わたしのことばは
水性ですから
きょうのうちには
落ちますから
こころの一部を
貸してください

となり

桜が咲いたら
きれいねって
それだけを
言いたいとき
電話はだめ
手紙もだめ

風をはさんで
あなたが
となりにいないと

指先

背中に一本
細い骨を
うめこむように
あなたの指先が
うごいている

魚にでも
なった気持ちで

そりかえる
はげしい波に
のってみたくて

くつ

あなたが
ぬいだくつに
あなたが
みていないところで
そっと足を
すべらせてみる

あなたの
おおきさをかんじる

まばたき

ひさしぶりと
あなたは

ふかぶかと
あたまをさげて

わたしのほほ
かたくさせる

それからが
はげしくて
夏がまばたき
している

夏

あなたに
抱いてもらう背を
かがめるように

ペディキュアを
小指からぬる

つまさきの夏を
あなたはとらえて
くちづける

おちついた
激しさできっと

頬

わたしからでなく
あなたから
電話のある夜は

つまさきまで
あたたかくなる

かなしみの半分を
あなたが
ひきうけてくれる

枕にあたる頬が
やわらかくなる

手紙

みちばたの
垣根に咲く
ばらのような
手紙を書きたい

さむさに
ふるえて咲く
ばらのような
手紙を書きたい

だいじょうぶ

ふみはずして
おちたとしても
だいじょうぶ

そこはあしたか
もっとさきの
みらいだから

船

虹の船には
定員が
ありません

すごく
かなしいひとも
すこし
かなしいひとも

おのりください

延期

ブーツが
秋の音をひびかせ
深呼吸ひとつして
枯葉が舞い落ちる
あなたが
わたしの手をとり

わかれのことばを
ひとまず延期する

ひとり

ひとりの男には
ひとりの女がいい

なのに
わりこんでくる
だれかがいて

ひとりの男に
ふたりの女になったり

ひとりの男が
ほんとうの
ひとりになったり

おとな

恋の矛盾を
つきつめたら
おとなになれない

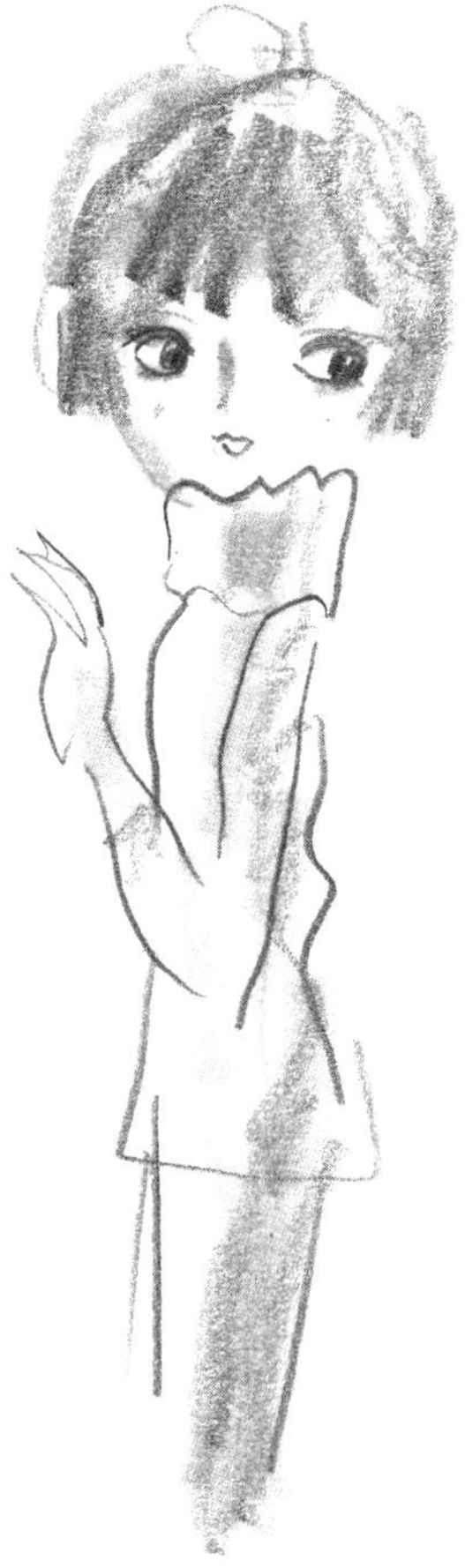

ものがたり

わたしのからだに
かつての男を
探さないでください

わたしのこころの
ものがたりは
つまらないものです

雨にぬれた新聞を

ひろうように
なさけないものです

ふたり

ふたり
背中合わせでも
うれしい

ふたり
むきあってても
さみしい

むすびめ

だれかが
ひっぱった
あとがあります

だれかが
むすびなおした
あとがあります

沈黙

沈黙は
そうだよ
ということですか
ちがうよ
ということですか

真夜中

真夜中に
ことばをつかまえて
あなたを
かたちにのこします
ことばに
わたしがつかまって

ねむれず
かきつづけています

声

そんなに
小さな声で

そばに
だれかいるの？

おおきな声
だそうかなぁ

おもいっきり
おんなっぽく

よあけまで

わたしを
とじこめるように
あなたが
ものがたりをかく
あらすじを
おしえてほしくて

よあけまで
だきあっていれば

けつまつの
かなしさがみえる

ひとくくり

ひとくくりに
しておいた
おもいでが

ほどけて
しまったのは
あなたのつよさ

ほどいて

しまったのは
わたしのあまさ

女

ジュエリーを
ねだる女より
愛がほしい
ことばにもせず
渇望する
女のほうが

あつかいにくいに
きまってる

しあわせ

ゆがんだ
ふたりが
だきあって

いびつな
しあわせ
まもってる

かなしいことは
ことばにしない

いや

夫婦みたいだという
そのみたいが
とてもいやなのです
小説の中の女のように
泣きたくなるのです

種

わたしの
心を耕して
あなたは
去っていった

てのひらの
一粒の種は

水分を
たっぷり含んで

泪

泪を
こらえるための
一行です
わたしの詩には
行間がおおい

落下

あなたが
言い残した
さみしさが
わたしが
言いすぎた
かなしさが

とまどいながら
色づき
落下してゆく

つよがり

あなたに
ふられたって

しあわせは
わたしを
ふったりしない

ことば

ことばは
心に階段を
つくったり

その階段に
手すりを
つけたりする

あした

またあしたも
あえるからと

きょうの
わかれぎわに

くちづけも
あくしゅもなく

せをむけて
あるきはじめる
もうあしたに
むかっている

ざーっ

おおきな湯船に
あなたがはいって
そこにわたしが
わりこんでいって
お湯がざーっと
ながれてゆく

幸せがざーっと
ながれてゆく

はがき

筆圧のつよい
文字がならび
あなたからだと
すぐにわかる
慎重な言い回しが
ていねいすぎる

わたしを抱いた
あなたなのに

夜

夜は
こわれないから
だいじょうぶ

あなたをおもって
どんなに泣いても

緑

嫉妬は
山火事のように
わたしの緑を
燃やしてゆく

すきま

しあわせだけ
つみかさねては
くずれてしまう

そのすきまに
しっかりと

かなしみを
うずめないと

レッテル

レッテルを
はられたなら
そのままに
しておいたら？
はがしたあとは
きれいじゃないわ

押し花

押し花のように
すきだと
言われたあの日が
うつくしく
さみしく残っている

あじさい

雨を浴びて
さっぱりした
あじさいは

恋の悩みを
たちきった

女のような顔で
鏡のまえに
立っています

請求書

わたし宛に
送ってください
あなたの愛を
ずいぶん
いただきました

あとがきにかえて

ことばは、あなたをめざし
なんとかたどりつこうと
力をぬき、いきつぎもする。
ことばの海で、おぼれかかるわたしは
どうにか浮輪にしがみつく。
やなせたかし先生
すてきな絵をありがとうございます。

二〇〇五年初夏

平岡淳子

平岡淳子（ひらおか　じゅんこ）
1962年横浜生まれ。17歳より詩を書き始める。産経新聞「朝の詩」年間賞受賞。2005年夏、やなせたかしミュージアム詩とメルヘン絵本館にて平岡母娘による“ことばのなわとび「おおなみこなみ」展”開催。詩集に『半熟たまご』『グレープフルーツ』『すきなひと』。

クリップ

著者　平岡淳子
発行者　伊藤玄二郎
発行所　かまくら春秋社
鎌倉市小町二―一四―七
電話〇四六七（二五）二八六四
印刷所　ケイアール
平成一七年八月一五日発行

ISBN4-7740-0300-X C0092